어머니 품에선 화롯불에 구운

　　　　　고등어 냄새가 났다

윤정수 시집

어머니 품에선 화롯불에 구운 고등어 냄새가 났다

2부 세상에서 가장 귀한 손

3부 우 여사의 낡은 양말

4부 울 엄마 잘 자요

서투른 내 시가
누군가의 마음에 공감 가는 글이 되게 하여 주시옵고

부족한 내 시가
누군가의 가슴을 따듯하게 하는 글이 되게 하여 주시옵고

마음을 다해 쓴 내 시가
누군가의 아픈 마음 달래주는 글이 되게 하여 주시옵고

힘을 다해 쓴 내 시가
누군가의 삶에 용기 심어주는 글이 되게 하여 주시옵소서

　간혹 유년 시절 할머니와 했던 약속을 떠올리며 혼자 웃고는
한다.
　"우리 정수 시집가면 잘 사려나?"
　"할머니, 나 부자 돼서 비행기에다 돈 가득 싣고 올게."
　"아이고 내 새끼, 이쁘기도 하지."
　할머니는 손주의 철없는 말을 대견해하며 머리를 쓰다듬어 주
시곤 했다. 현재 그 얼토당토않은 말은 근처에도 못 미치고 있
지만, 부끄러운 삶은 아니기에 돌아가신 할머니께 그나마 체면
이 선다.
　생전 국문을 모르셨던 할머니는 초등학생이었던 나를 옆에 앉
혀 놓고 서울에 사시는 삼촌에게 편지를 쓰게 하시곤 했는데, 할
머니가 국문을 깨쳤더라면 아마 예쁜 글을 쓰셨을 거라 생각한
다. 엄마 또한 당신의 삶 이야기를 소설로 쓰고 싶어 하셨다. 아
무것도 이뤄진 것 없이 세월은 흘러 손자이며 딸인 내가 글을 쓰
는 일을 하고 있다. 당연히 내 삶의 영역 안에 할머니와 어머니
의 삶이 함께 있다. 첫 수필집에 이어 두 번째 책으로 시집을 내
게 됐다. 잘 쓰고 못 쓰고를 떠나 감정이입이 되어 눈물로 쓴 다
수의 시는 내겐 더없이 소중하다. 사랑하는 어머니와 소중한 혈
육이자 친구 같은 내 형제들 그리고 사랑하는 가족에게 이 시집
을 바친다.

　　　　　　　　　　　　　　　2022년 11월　윤정수 쓰다

1부

삶의 강가에서 나는 울었네

봄아

긴 시간을
나 숨 쉬는 공간에서
너와 함께한다면

꿈꾸는
이 공간에서
너와 함께한다면

내 마음에 뿌린
희망의 씨앗
너와 함께한다면

너와 함께하는
이 봄
행복할 거야

좋은 세상에서

네가 있어
풍요로운 세상
충만한 세상

네가 있어
행복한 세상
살만한 세상

네가 있어
오늘 난 웃는다
이 좋은 세상에서

엿듣기

엄마, 뭐해?
지금 학교 끝나서 가는 중
선생님 말씀 잘 들었지

엄마, 먹고 싶은 거 없어?
나 돈 있어
얼른 갈게

엄마는 무얼 사 오라고 했을까
착한 딸은 무얼 사갈까

시원한 5월의 봄바람
높은 하늘의 흰 구름

학생의 뒤를 밟고 싶은
기분 좋아지는 오후

도무지

나
너 없이도
잘 먹고
잘 자고 있다

나
너 없이도
웃기도 하며
잘 견디고 있다

너 없는 세상
웃는 모든 것들이
서럽기만 해

너 없는 세상
살 수 없을 것 같다
도무지

그대들

따듯한 눈빛으로 나를 쓰다듬어 주는 해님
고요한 눈빛으로 나를 안아주는 달님
착한 마음으로 나를 보듬어 주는 별님
내 서러움 서럽게 울어 주는 빗님
다정하게 나를 바라봐 주는 메꽃
잎을 흔들며 나를 반겨 주는 자작나무
건강한 정신을 주신 부모님
아픔과 기쁨을 함께해 주는 형제들
힘이 되어 주는 가족
고맙고 고마운
그대들

나무

이 좋은 세상에서 너를 못 만나고 죽었더라면
얼마나 억울했을까

오늘도 사랑 한가득 담아 너에게 보냈는데
받아 보았을까

내 아침의 시작은
너를 위한 기도로 시작한다

네가 머무는 그곳에서
아무 일 없이 하루 잘 보내기를

너의 나무가 되고 싶다
힘들거나 지칠 때 내게로 와서 쉬다 가거라

삶의 강가에서 나는 울었네

살아갈 날이 얼마나 될까만
나 그동안 잘 살아왔는가
나 그동안 부끄럽지 않았는가

삶의 강가에서 나는 울었네

가진 자 앞에서 비굴하지 않았는가
힘 있는 자 앞에서 비겁하지 않았는가
없는 자 앞에서 으스대지 않았는가

삶의 강가에서 나는 울었네

욕심부리며 아등바등 살지 않았는가
세상 풍파에 흔들리며 살지 않았는가
일이 안 풀릴 때 남을 원망하며 살지 않았는가

삶의 강가에서 나는 울었네

거짓 없이 정직하게 살고 있는가
미워하는 마음 없이 사랑하며 살고 있는가
나 자신을 아끼며 살고 있는가

삶의 강가에서 나는 울었네

참 좋을 때구나

사춘기를 보내던 때
어른들은
나를 보며 그랬지

예쁘구나
곱구나
참 좋을 때구나

예쁘지 않은 내 얼굴
거짓말쟁이 어른들

지금
내가 그러고 있다
아이들에게

예쁘구나
곱구나
참 좋을 때구나

5월의 아침

허공 향해 내지르는
뻐꾸기의 울음이
욕심으로 가득한
5월의 아침

뻐꾸기를 쫓아
허공 향해
나의 욕망
질러댄다

허공에 질러대는
뻐꾸기와 나
5월의 허공이
흔들린다

어머니 품에선 화롯불에 구운 고등어 냄새가 났다

그랬으면 좋겠어

내가 해준 김치찌개
내가 해준 오징어볶음
내가 해준 고등어조림
내가 해준 갈비찜

최고다
맛있다
감탄하던
네가 그리워

그 맛을 기억해다오
나를 그리워해다오

한번 되돌아보는 것도

세상이 너를 조롱하곤 하지?
세상이 네게 거짓말하곤 하지?
세상이 너를 속이곤 하지?

너는 문제 될 게 없는데
그렇게 믿었는데 말이지

그렇게 여길 때
가만히 뒤를 봐
네가 걸어온 흔적을 되돌아보는 거야

나만 생각하지 않았는가
내가 나를 속이지는 않았는가

답이 보일 거야

중고로 내놔도 팔리지 않을 눈물

중고로 내놔도 팔리지 않을 눈물이
멈추질 않습니다
커다랗게 뚫린 마음 안에
눈물이 위험 수위를 넘기려고 합니다

보를 쌓기도 하고
빠져나갈 길을 내기도 하는데
어쩔질 못하겠습니다
생채기만 내고 있습니다

눈물 그치고 나면
생채기만 나버린 마음
제대로 써먹기나 하겠어요
중고로 내놔도 팔리지 않을 눈물

어느 어미의 바람

나라를 빼앗긴 조선을 위해서
비겁하게 삶을 구하지 말고
대의에 죽으라
아들의 수의를 지어준 조 마리아

조국을 빼앗기지 않았건만
기꺼이 조국을 위해 목숨 바쳐라
이 어미는 기꺼이
너를 지켜줄 것이니

전쟁의 공포를 안고 사는 어미는
아들을 나라에 바쳤다

천년 동안

천년을
얼마나 울었는지 몰라

천년을
얼마나 가슴 아팠는지 몰라

천년을
얼마나 애절했는지 몰라

천년이 가는 동안
내 눈물을
내 아픔을
네가 몰라서 다행이야

천년을
같이 아파했다면
내가 너무 슬펐을 거야

와줘서 고마워
천년은 잊을래

신나는 함성

선생님이 던진다
하나 둘 셋 넷 다섯 여섯 일곱 여덟

아이들이 받는다
하나 둘 셋 넷 다섯 여섯 일곱 여덟

창문을 타고 들어온
아이들의 함성

우울을 깨우는
신나는 함성

지구를 지탱하고 있는 건
어른이 아닌
미래의 주인공 아이들

우울한 코로나 시대에
아이들의 함성이
이렇게 반가울 줄이야

즐거운 수다

그 소문 들었니?
아무개랑 아무개,
그리고 아무개가 삼각관계래
미친것들

요즘 윗집 여자 봤니?
얼굴 완전 갈아엎었더라구
호박에 줄 그어봤자 호박이지
돈지랄이지

이 얘기는 정말 비밀인데
아무개네가 갈라섰대
어쩐지 안 보이더라
왜 이혼했대?

남 얘기만큼
즐거운 수다 또 있을까

타이밍

내 님 지금 무얼 할까
핸드폰 열고 문자 찍는다

자기 점심은? - 오후 1:20
우리 짱구 밥 많이 먹었나? - 오후 1:20

자기 쉬면서 일해 - 오후 3:03
짱구야 쉬엄쉬엄 - 오후 3:03

자기 뭐해? - 오후 8:25
짱구야 뭐 하니? - 오후 8:25

또 동시 타
사랑해, 내 꿈 꿔 - 오후 10:00

사랑하는 연인의
기막힌 타이밍

짝사랑 – 아들의 독립을 응원하며

너는 아름다운 꽃들과 함께 내게로 왔지
한없이 기쁨을 준 너
네게 좋은 것만 주고 싶었던 마음

네가 아픈 것만큼
가슴 아픈 일은 없을 거야

네가 받은 상처들
어루만져주지 못한 미안함

네가 좋으면
내가 좋고
네가 슬프면
내가 슬픈걸

이젠
짝사랑을 끝내야 할 때
멀리서 너를 응원하기로 한다

짝사랑, 마침표를 찍다

잔영

마루에 걸터앉아
고무신 한 짝 벗겨졌는지 모르고
담배 물고 있는 할머니의 눈이 슬프다

열세 살 꽃다운 나이에 귓병으로 죽은
막내딸을 생각할까

맏손녀 짝 될 남자 인사 오던 날
말없이 맏손녀 손잡고
눈물 흘리던 할머니

들에서 돌아온
땀이 흠뻑 젖은 중년의 아들 등에
시원한 물을 끼얹는 흐뭇한 표정의 할머니

동백기름 머리에 발라
참빗으로 곱게 빗어 쪽지고
새색시처럼 거울 보는 할머니

시집가라는 손녀 말에
몇 개 남지 않은 앞니 보이며 해죽 웃는다

개나리 흐드러지게 핀 4월
긴 병 앓지 않고
가족 숫자에서 빠졌다

아끼느라 입지 못한
새 옷들이 불구덩이로 던져지고

아버지, 어미 땅에 묻던 날 혼절하고
그의 자식들 줄초상 나는 줄 알고
혼이 반은 나간 채 장사를 어찌 치렀는지

또렷한 할머니의 잔영

역할극

다른 집 남자들은
빨래를 개어주고
설거지해주고
청소해주고
등등

아내는 남편도 모르는 남 이야기만
줄줄 내리쏟고

다른 집 여자들은
휴일이면 늦잠 자게 해주고
휴일이면 맛있는 음식 해주고
휴일이면 편히 쉬게 해주고
등등

남편은 아내도 모르는 남 이야기만
줄줄 내리쏟는다

사람 고쳐 쓰는 게 쉬우랴
남의 떡이 커 보이는 법
아서라, 부러워 마라

꽃집의 아가씨

그 집 앞에선
걸음이 멈춰진다

베고니아, 제라늄, 메리골드 등등
이름 모를 꽃들도
봄이 가득한 꽃집

그 집의 꽃들을 내 거실로 옮겨도 좋으리
그 집의 젊음을 내 거실로 옮겨도 좋으리
그 집의 봄을 내 거실로 옮겨도 좋으리

꽃집의 아가씨가 되어보는 거야

성장기

등을 쓸어주는 어머니의 거친 손은
따스한 마음으로 성장시키고

머리를 쓰다듬어주는 아버지의 투박한 손은
예의범절을 가르치셨으며

콩 한 쪽도 나눠 먹는 형제들의 손은
우애를 배우게 했다

고래 등 같은 기와집은 아니어도 집이라는 작은 공간에서
복닥복닥 비비고 살아도 좁다고 생각하지 않았고

푸성귀만 가득한 없는 찬이라도 가족 함께 둘러앉아 배곯
지 않고
따뜻한 밥을 함께 먹을 수 있는 것만으로도 좋았으며

여물지 않은 고사리손으로
똥을 싼 동생을 씻겨도 마냥 이쁘기만 했다

할아버지 살아계셨더라면
할머니 살아계셨더라면
아버지 살아계셨더라면

마음 잘 자라게 해 주어
고맙다고, 눈물겹게 고맙다고
큰절 올리고 싶어라

잔소리

아이가 자라는 동안
내 입에서 수없이 내뱉은 잔소리

어지럽히지 마라
뛰지 마라
장난치지 마라
싸우지 마라

커서 나처럼 살지 않으려거든
공부해라 공부해라 공부해라

먹히지도 않을 잔소리에
귀를 닫고 커 버렸다

아이가 자라 배운 건
잔소리

제발 궁색하게 살지 마
제발 청승 떨며 살지 마
제발 구질구질하게 살지 마

자식 원망하지 말고

엄마를 위해 엄마를 위해 엄마를 위해

매일 쓰는 편지

잘 잤는가
밥은 먹었는가
아픈 데는 없는가

잘 자고
잘 먹고
아프지 말고

덕분에
난
잘 있다

덕분에
고른 숨 쉬며
아주 편히

부디
오늘도
별일 없기를

기도

서투른 내 시가
누군가의 마음에 공감 가는 글이 되게 하여 주시옵고

부족한 내 시가
누군가의 가슴을 따뜻하게 하는 글이 되게 하여 주시옵고

마음을 다해 쓴 내 시가
누군가의 아픈 마음 달래주는 글이 되게 하여 주시옵고

힘을 다해 쓴 내 시가
누군가의 삶에 용기 심어주는 글이 되게 하여 주시옵소서

2부

세상에서 가장 귀한 손

감꽃

수줍음 많은 너
보이기 부끄러워
숨었는가

미소가 아름다운 너
보일랑 말랑
나를 희롱하는가

모습 보여다오
얼굴 내밀어다오

네 자태 하도 고와
네 밑에서 너를 본다
황홀하게 너를 본다

흙발

김장배추 무씨 뿌리던 날
밭 거름으로
인분 뿌리고
밭 일구던
아버지 어머니

밭 가장자리에
가지런히 놓인
고무신 두 켤레 위로
가는 먼지 살그머니 내려앉고

어린 딸년 손으로 차린
초라한 점심상을
주린 뱃속으로
쫓기듯 넣은 뒤
쫓기듯 일어난다

윤이 나게 닦아놓은
마루 위에
아버지 어머니가 찍은
선명한 흙발

나의 에너지

울고 싶을 땐
너를 생각해

힘이 들 땐
너를 생각해

쓰러지고 싶을 땐
너를 생각해

너를 생각하면
슬픔과 시련이 달아나버려

너를 생각하면
미소가 생겨

너를 생각하면
마음이 넉넉해져

너는 나의 에너지

매미

7월에 우는 매미
비바체(vivace) 템포

8월에 우는 매미
프레스토(presto) 템포

쓰름쓰름 쓰름매미
매앰 매앰 참매미

7년여의 인고
20여 일의 선택받은 시간

종족 번식을 위한
처절한 구애

늦게 깨어난 가혹한 대가
비삐지는 여름 끝자락

오늘도 매미는
프레스토 템포

* vivace(비바체)-빠르고 경쾌하게
* presto(프레스토)-빠르고 성급하게

둘째 언니

멋스러운 헤어 스타일
나도 아가씨가 되면
꼭 입으리라 마음먹었던
회색빛 도는 단정한 정장이 잘 어울린 언니가
수줍음 많은 한 살 터울 남자와
결혼했지 뭐예요

결혼을 안 해봤으니
우리가 뭘 알겠어요
신혼살림 단칸방에
철없는 동생들
수시로 찾아가 방해 했으니요

뼈대 있는 가문에
첫째 딸 낳고
둘째 아들 낳아
시하층층 4대 복닥대며
시댁 식구 이쁨 속에 살았으니
고맙고 고마운 일입니다

살면서 피할 수 없는 소소한 일들
언니라고 예외일 수 없었던 아픔을
지혜롭게 이겨냈습니다

모쪼록 여생
병원 문 드나들지 말고
청춘같이 건강하고
행복한 날만 있었으면
더 바랄 것이 없습니다

부디 바라건대
그렇게 살기를요
여전히 마음 고운
둘째 언니

서낭당 당산나무

행상 보따리 이고
잠에서 막 깬 들풀 지르밟으며
총총, 걸음 재촉하는 어머니

전날 아무개네 소 새끼가 싸놓은 똥을 피해
돌 하나 주워
서낭당 당산나무 돌탑에 올리고
총총, 걸음 재촉하는 어머니

축 늘어진 채마밭 채소
대추나무 참매미 요란하게 우는 한나절
늘어지게 낮잠 자는 동생 깨워
서낭당까지 와 버렸다

어머니가 한 것처럼
돌탑 위에 돌 하나 올려 빈 소원 하나
'엄마가 쭈쭈바 사 오게 해주세요.'

서낭당 당산나무 아래 앉아
목이 빠지게 보는 사구 길
모퉁이 꺾어지며 나타난 어머니 찾아내고
죽어라 내뛰기 시작한다

엄마-아, 엄마-아

세상에서 가장 귀한 손

어머니,
오늘은 시장 초입, 앉은뱅이 의자에 앉아
신문지 깔아 놓고 채소를 파는
노인 앞에 머물다 왔습니다
호박잎, 노각, 풋고추, 홍고추, 토마토 등이
추레하게 누워있었지만 익숙한 것들입니다
채마밭에서 당신 손으로 직접 키운
약 한번 안 친 채소라는데
그 말을 굳이 안 해도 저는 알 수 있지요
노인은 사라는 말은 안 했지만
눈빛은 하나 팔아달라고 합니다
그것들을 다 사도 3만 원어치나 될까,
하지만 사서 해 먹지도 못하고 버리는 게 태반일 것 같아
어머니도 아시겠지만 제가 제일 좋아하는 토마토만
5천 원어치 한 바구니 샀습니다
노인의 손은 투박하고 주름이 짜글짜글한데다
손가락은 휘어져 있었습니다
평생 우리 어머니처럼 땅을 파며 살았을 겁니다
그런데 노인의 손이
왜 그렇게 예쁘고 정겹게 보이는지 모를 일입니다
한번 만지고 싶은 생각에 만 원을 내고

거스름돈 5천 원을 받으며
노인 손을 스치듯 만졌습니다
어머니 손처럼 따듯했습니다
어머니 미소처럼 따듯한 웃음을
덤으로 저에게 주기까지 했습니다
토마토를 한 다라 이고 행상을 나갔던
우리 어머니 생각에
나도 모르게 가슴이 뭉클했습니다
어머니,
노인은 그 채소들을 해지기 전에 다 팔고 돌아갔을까요?
어머니,
이 토마토를 제대로 목구멍으로 넘길 수 있을까요?
어머니,
저는 오늘 그 노인의 따듯한 손에서 세상에서 가장 귀한
우리 어머니의 손을 보았습니다

그대 받으셨나요

바람 편에 보냈습니다
그대 이름 부르는 내 목소리를요

바람 편에 보냈습니다
그대 그리워 흘린 내 눈물을요

바람 편에 보냈습니다
그대 사랑하는 내 마음을요

속절없이 가는 세월
그리움만 깊어가는 설움에
바람이라도 잡고 하소연합니다

그대 받으셨나요

소나기

예고 없는
세찬 빗줄기

마음 한가운데
수없이 박힌다

세상 시름
나만 안고 사는지
조용히 지나갈 수 없을까

잡초는
또
한 뼘 쑤욱 자라고 말았다

무방비
마음밭에

수다쟁이 직박구리

탄알 발사
마구마구 뱉어내는 주둥이
별빛 쏟아진다면 아름다울 것을

귀를 향해 공격하는 연발탄
마구마구 퍼부어대는 주둥이
별빛 쏟아진다면 아름다울 것을

부리로 쏟아내는 저력
불붙는 전쟁
고요를 깨우고

커피보다 효과 빠른 각성제
직박구리 수다
무거운 내 눈꺼풀, 깼다

왜

나는 네가 아닌데도
나는 네가 될 수 없는데도

난 가끔 착각해
내가 너인 듯

네가 아픈데
왜 내가 아픈 거지?

네가 우는데
왜 내가 우는 거지?

네가 힘든데
왜 내가 힘든 거지?

왜
왜지?

깊은 밤

전설의 고향 구미호가
내 잠을 삼킨 밤

천장에선
쥐들의 놀음판이 벌어지고

안방에선
할머니의 긴 한숨이

건넌방에선
아버지 어머니 코 고는 소리

열무단이 실린 경운기만이
앞마당에서 얌전히 잠든 밤

어머니 품에선

어머니 품에선
화롯불에 구운 고등어 냄새가 났다
당신 입에는 온전한 살덩어리 한 점 못 넘긴

어머니 품에선
나무 탄 냄새가 났다
아궁이 앞에 앉아 부지깽이 뒤적거린

어머니 품에선
젖 냄새가 났다
막냇동생 학교 들어갈 때까지 빨린

이젠
냄새가 사라진
어머니 품
그리움에 젖어 산 세월만 보일 뿐

미인은 잠꾸러기

죽으면 이 짓만 하고 있을 걸
약속한 적 없고
예약한 적 없는
저녁 9시 30분
어기지 않고 찾아오는
자-암
꾸준한 규칙 생활
미인은 잠꾸러기
개뿔
하늘도 무심하시지
자-암

동상이몽

2박 3일 모처럼의 여행
집에 두고 온 삼식이 걱정

밥은 잘 먹는지
가스 불은 껐는지
문은 잘 잠갔는지
나 없이 잘하고 있는지

2박 3일 모처럼 찾은 해방
마누라 여행 계획 틀어질까 걱정

씻는 것도 내 자유
먹는 것도 내 자유
노는 것도 내 자유
잔소리에서 벗어난 이 행복

너무 애쓰지 마라

잘하려고 너무 애쓰지 마라
배려하려고 너무 애쓰지 마라
잘 보이려고 너무 애쓰지 마라
흠 없는 사람으로 보이려고 너무 애쓰지 마라
꽉 찬 사람으로 보이려고 너무 애쓰지 마라
완벽한 사람으로 보이려고 너무 애쓰지 마라

때로는 부족한 사람이라는 걸
때로는 하기 싫다는 걸
때로는 완벽하지 않다는 걸
때로는 흠이 있다는 걸
때로는 아픔을 느낀다는 걸
숨기지 않아도 된다

사는 건 다 거기서 거기
너무 애쓰지 마라

참는다는 건

굳이 잊으려고 안 하려구요
굳이 떠오르려고 안 하려구요

생각나면 생각할게요
그리우면 그리워할게요

참는 건 이제
진절머리 나요

참는 게
얼마나 고통스러운 일인지
알잖아요

흔적

내 육신의 먼지는
오늘도 내 뒤를 쫓으며
흔적을 남긴다

안 본 눈 삽니다

서로 속이는 거짓 세상
본 적 없는 분 계신가요?

서로 물어뜯고 할퀴는 다툼 세상
본 적 없는 분 계신가요?

서로 상처 주는 미움 세상
본 적 없는 분 계신가요?

서로 시기하는 이기적 세상
본 적 없는 분 계신가요?

안 본 눈 있으면 손드세요
제가 삽니다

키다리 아저씨

마을 공사에 대민 지원 나온
포크레인 기술자, 군인 아저씨
우리 집 사랑방에 두어 달 기거했다

아저씨는 민간인 밥을 먹고
우리는 부대 부식을 먹었다
내 나이 열세 살

못생겼지만 다정한 아저씨
못생겼지만 마음 따듯한 아저씨
바지랑대만큼 키가 큰 키다리 아저씨

부대 복귀하는 날
학교에서 집은 왜 그리 멀었을까

텅 빈 사랑방 책상 위
착한 아저씨가 쓴 착한 글자
"공부 열심히 하고, 다음에 또 보자."

제대하는 날
부모님께 인사하러 온 것은
나를 보기 위해서야

제대하고
내 앞으로 보내온
편지와 새 옷은
내가 보고 싶어서야

이름 석 자만 알 뿐
어디 사는지도 모르는 그 아저씨를 말이지

인심 좋은 집

인심 좋은 그 집엔
인심 좋은 마루가 있다

인심 좋은 그 집엔
인심 좋은 밥이 있다

인심 좋은 그 집엔
인심 좋은 감나무가 있다

그 집에 가면
마루도 내어주고
밥도 내어주고
감도 내어준다

인심 좋은 그 집엔
내 어머니가 있다

지금

이유 없이
가슴이 설렐 때가 있어
기대감 같은 거랄까
일상에서 소소한 변화가 생길 것 같은
긍정적인 일
기분 좋은 일 말이야

하루가 저물고 있어
커피 메뉴판을 보고 있어
카페 안쪽 가장자리 테이블
네가 보여
커피를 홀짝이는 너
찻잔을 내려놓는 너의 손
따듯한 너의 눈

가슴 설레는 내가 네 앞에 있어
지금

여름과 가을 사이

사람 마음 흔들어대는 영특한 환절기
창문을 닫을 것인가 말 것인가
이불을 바꿀 것인가 말 것인가
외투를 챙길 것인가 말 것인가
이분법적 갈등이 공존하는 때

베란다에 내리꽂는 햇살이 곱다
여름내 변변한 혜택 한번 받지 못한
호야, 카랑코에, 염좌, 애플민트가
영롱한 햇살에 호강을 누리고
햇살 아까워 차마 걷지 못하는
마른빨래도 호강한다

어디 이뿐이랴
늘 빈혈로 애먹는 내 몸뚱이도
햇살에 호강하고
들녘의 벼 이삭도 햇살에 은혜 입고
황금물결로 보답할 것이다

여름아, 가을이 오고 있다

구름 위 구름집

몽실몽실 뭉게구름 위에
구름으로 집 하나 지어요

거실엔 구름 소파
안방엔 구름 침대

구름으로 울타리도 만들어
예쁜 덩굴장미를 심어봐요

이웃의 뭉게구름도 만나고
이웃의 별들도 만나요

나 뭉게구름 위에
사랑의 집 지을게요

그대는 나를 보며
나는 그대를 보며

동화 속 공주와 왕자처럼
그렇게 살아보아요

참나무

날카로운 톱날은 사정없이
그것의 밑동을 잘라버렸다
날카로운 비명조차 허락하지 않은
냉정한 현실 앞에 처참하게 무너진 그것
한때는 늘씬하게 쭈욱 뻗은
볼품 있던 몸뚱아리는 이제 과거가 되었다
하지만 그것은
또 다른 탄생을 위한 준비
어쩌면 그것은 이렇게 될 운명이라는 걸
알고 있었는지 모른다
살아서는
그늘을 만들어 주고
동물의 먹이를 제공해 주고
인간에게까지 이로움을 주고
마지막 순간까지 그의 모든 것을
탈탈 털어 내주었다
나는 그것과는 달리
앞으로 운명이 어떻게 될지 모른다
생이 끝나고 나면 내 육신은
뜨거운 불구덩이로 던져지고
한 줌 재로 남을 뿐

그것으로 무엇을 하리
그것만도 못한 내 몸뚱아리가
그저 부끄럽기만 한 것을

3부

우 여사의 낡은 양말

9월 편지

9월 시작입니다
안개가 아파트를 휘감고 있네요
안개 위로
눈 부신 태양이 안개를 자극하고 있어요
숨 몇 번에 눈만 몇 번 껌뻑였을 뿐인데
일주일이 반이나 지났습니다
안개가 낀 걸 보니
오늘은 분명 많은 이들이
덥다고 아우성을 칠 겁니다
그 속에 그대도 있을 거구요
여름이 가을에게 자리 내주기가
아쉬워 그런 것이니
우리 조금만 참아요
부디 9월에는
성숙한 가을 햇살처럼
우리도 성숙한 마음을 가져보아요
부디 9월에는
그대 머물고
나 머무는
자리에서
우리 행복해보아요

알밤

오랜 시간 너를 원망했어
네가 아주 지긋지긋했거든
네 주변에서 꿈틀대며 맴돌고 있는 그것들도 징그러웠고,
새벽이면 너에게 가라고
흔들어 깨우는 엄마도 원망스러웠지
이건 또 어떻고
딸년이 밑에 있던 말던 아랑곳 하지 않고
위에서 장대를 휘둘러대는 엄마가 미웠어
너는 엄마에게 맞고 화풀이로 나를 때렸지
무엇보다 너를 들고 행상 나가는 엄마가 싫었어
그런데 말이지,
어느 날 집에 가보니 네가 없더구나
그리움에 너를 찾았지
엄마 말씀이
이젠 너를 챙기는 일이 너무 힘에 부쳐 보내버렸대
너를 아끼던 우리 엄마, 많이 늙으셨지?

내 새끼

여섯 살 아들 손에 쥐여준
천 원짜리 지폐 석 장과
태백산맥 3, 4, 5가 적힌 메모지

아파트 지나
꼬불꼬불 샛길 지나
왕복 8차선 횡단보도 지나

오락실 지나고
책 대여점에서 돈과 메모지 들이밀며
"아저씨, 이 책 주세요."

젖먹이 아들 토닥이며
잘 가고 있을까, 잘 오겠지
'이 무정한 어미야.'

아이 숨 고르며
"엄마, 오락실 앞에서 섰다가 그냥 왔어."
내 새끼, 장하기도 하지

눈물로 끓인 김칫국

뜨거운 김칫국을 먹어야겠다
부서져 버린 마음의 상처 너무 아려
얼굴 감추고 몰래 흘린 눈물
눈물 받아 김칫국을 끓인다

뜨거운 김칫국을 사발째 마셔야겠다
눈물로 끓인 짠 김칫국
한 국자 뜨고 또 떠서
목구멍 익도록 마셔보자

흔들의자

긴 다리로 까딱까딱
흔들의자에 앉아
조용히 밖을 응시할 때면
감히 말을 걸 수 없었지

우울한 너는 아니니
그만한 이유가 있겠지

생각이 깊은 너니
앞날에 대한 큰 그림을 그리겠지

정신이 건강한 너라 안심
신중한 너라 안심

주인 잃은 흔들의자가
너를 기다린다

사랑이 익어가는

살포시 문 두드리며
오셨답니다

마주 앉아
쓴 커피에 사랑 넣어
달달하게 마셨지요

야무지게 익은 벼 이삭이
논바닥에 깊게 인사하는 가을날
내 사랑도 익었습니다

고빗길

나 오늘은 파스타가 먹고 싶었다
너 없이 먹는 파스타가 맛없을 것 같아
그만두었다

나 오늘은 쓴 소주 한 잔 마시고 싶었다
너 없이 마시는 소주가 달 것 같아
그만두었다

기울어가는 인생길
고빗길에서 만난 시련
너는 위안이고 힘이더구나

새벽 4시

고요히 잠들어 있는 둑길
인적 없을 거라는 믿음
희미한 가로등 불빛 아래
헉
사람이 지나간다

잠 안 자고 왜 나왔을까
운동에 환장한 사람일까
불면증이 있는 사람일까
아침형 인간일까
야간 일 마치고 집으로 가는 사람일까

지금은 새벽 4시
이 시간에 저 사람의 정체는?
그럼
저 사람을 보고 있는 나는?

볕 좋은 날

나
볕 좋아
볕 쫓는다
마루에 앉아 게슴츠레 눈을 뜨고
온몸으로 받는 비타민 D

어머니
볕 좋아
볕 쫓는다
우리의 놀이터를 차지한
앞마당 멍석 위엔
참깨 단 들깨 단이 누워 잠자고

아버지
볕 좋아
볕 쫓는다
신작로 한 편을 차지한 멍석 위엔
벼가 말라가고
베스트 드라이버답게
잘 피해 가는
이웃집 경운기

경고 – 아이 있는 집은 각별히 주의

입주민 여러분, 안녕하십니까? 관리사무소에서 안내 말씀드립니다. 층간소음 문제로 계속해서 민원이 발생하고 있습니다. 아파트는 여러 세대가 사는 곳인 만큼 아이들이 뛰지 않도록 주의 부탁드립니다. 현재 109동 1, 2호 라인에서 민원이 제기되었습니다. 이상 OO아파트 관리사무소에서 말씀드렸습니다. 감사합니다.

저녁 8시
전혀 감사하지 않은 방송

조만간에 몇 호 아무개 집이라 공개될 판
경고-아이 있는 집은 각별히 주의

늘어나는 아파트 민원 방송
짜증 나는 아파트 민원 방송

그대의 뛰어난 신고 정신
잠깐
어른 입장 말고
아이 입장에서 한 번만 생각해 보기

속이 시끄러울 땐

속이 시끄러울 땐
빨래를 하자

커튼을 떼어내고
침대보 걷어내어
사정없이 밟아대자
잘근잘근 씹어대듯

속이 시끄러울 땐
청소를 하자

파리채 손잡이 걸레 말아
장롱 위 훑고
소파 밑도 싹싹 닦아보자
허물 벗기듯

속이 시끄러울 땐
설거지를 하자

꼭꼭 숨은 접시 끄집어내고
쓰지 않는 양은 냄비 끄집어내어
박박 문지르자
내 몸의 때 벗겨내듯

속이 시끄러울 땐
땀을 흘려보는 거야

숯 검댕이 마음 잠시 후퇴
청량한 날씨
보상은 산들바람
마음의 개운함

나만 그랬는가

뜻대로 일이 풀리지 않아
괴로웠던 때
나만 그랬는가

시험에 떨어져
내 머리에 문제 있는지 자책하던 때
나만 그랬는가

비트코인의 날개 잃은 추락에
절망을 느꼈던 때
나만 그랬는가

나만 사랑한다던 연인에게
배신당해 본 때
나만 그랬는가

세상이 나를 배반하여
삶을 포기하고 싶었던 때
나만 그랬는가

우리 사는 것이
좋았다가 나빴다가
나빴다가 좋았다가
웃었다가 울었다가
울었다가 웃었다가

알면서도 쉽지 않아
쉽지 않아

가을 햇살

소중한 그대
가을 햇살이여,
어서 오세요

그대 손잡고 걸어도 좋을 날
그대 눈빛 고아 눈물 쏟아도 좋을 날
그대 사랑스러워 나 죽어도 좋을 날
그런 좋은 날입니다

철새

누렇게 익은 벼 이삭은
너를 기다리지 않았다

나를 지치게 한 여름도
너를 기다리지 않았다

잎을 털어내야 하는 나무도
너를 기다리지 않았다

여유롭지 못한 너를
나도 기다리지 않았다

단지 너를 기다린 건
가을 뿐이구나

눈물 나게 좋은 것

고향 떠나서야
채마밭 두엄 냄새가
눈물 나게 좋았고

허리 구부린 들판의 농부
내 그리운 어머니 아버지를 보는 것 같아
눈물 나게 좋았고

해 질 녘 스멀스멀 들어온 모닥불 냄새
어머니 품 냄새 같아
눈물 나게 좋았고

콧물 흘리며 들어오는 내 새끼
내 누런 코를 닦아주던 어머니가 그리워
눈물 나게 좋았고

둥근달 속
복닥거리던 그리운 가족 있는 것 같아
눈물 나게 좋았다

잊고 산 것들
잊고 싶었던 것들
그리움으로 마음 빈자리 생길 줄
누가 알았을까

너라서

네 어깨에 기대는 게 좋아
네 가슴에 얼굴을 묻는 게 좋아
네 품에서 삶의 마지막을 마감하는 것도 멋질 거야

뼈에 사무치는 그리움
허락하지 않은 눈물 흘리며
너를 기다린 시간

나 숨 쉬는 이유
너 때문인 걸

아, 가을이여
너와 함께라서 좋은
가을이여!

별

마음으로 무수히 죽인 것들
마음으로 무수히 짓이긴 것들

마음으로 무수히 사랑했던 것들
마음으로 무수히 간절했던 것들

모두
별이 되었나

밤이 야속해
별이 원망스러워

어머니

수돗물 쏟아지며 섞여 나온
어머니의 애절한 외침

휑한 바람에 섞여 들어온
어머니의 애절한 외침

언제 적 건지 모를 김치 쪼가리와
이가 나간 뚝배기 속 된장찌개를 떠넘기며
가슴 저리게 불렀을
자식들 이름

임종할 때 지켜보는 자식 없을 거라는
오래전 점쟁이의 말이
체기로 남아
그 많은 자식 놈은 어디에 숨었길래
숨었길래

혼자 떠들고 있는 티브이 앞에 앉아
해지고 휘어진 당신의 열 손가락을 보며
고왔던 처녀 적을 생각하실까

한 많은 인생
세월에 조금씩 녹였어도
삭히지 못한 그 아픔을
어루만져 드리지 못한
그 죄,
자식으로서 자격 있나

사랑하는 내 어머니여!

산사

산사 일주문 앞
숙연해지는 마음

향을 사르고
부처님 앞
조용히 무릎 꿇는다

선업은 없고
지은 죄와 업보 어찌할꼬
호통치는 부처님

청아한 목탁 소리에
내 업보 씻어내고

고졸한 독경 소리에
무수히 저지른 죄 씻어내며

청명한 풍경 소리에
내 시름 덜어낸다

요사채 툇돌 위
가지런히 놓인 흰 고무신
숙연해진다

가을 사랑

나를 보러 오신 내 님
그대의 부드러운 바람
그대의 다정한 미소
그리고 차갑고도 뜨거운 입김
그대만큼이나 뜨거운 내 입술로
그대를 맞이합니다

내 님 그리워
제 설움에 눈물 찍은
끔찍했던 밤
그대를 다시 만질 수 있어
가시는 그날까지 꼭 안고 있을게요

그대 가시는 길
식지 않은 내 마음
같이 보내드릴게요
그대 품에 꼭 안고 잠드시길

추억 조각

조각 하나 주워 듭니다
할머니의 부지깽이를 피해
손주들이 도망 다니느라 바쁘네요
머리채를 잡고 피 터지게 싸웠답니다

조각 하나 주워 듭니다
사정없이 때리는 어머니의 몽둥이세례
왜 도망도 안 가고 맞고 있는지
새로 산 시계를 잃어버린 언니가
매 맞고 웁니다
나는 바보같이 바라만 봅니다

조각 하나 주워 듭니다
큰언니가 대구에서 올라왔네요
동생들이 너무 좋아 난리가 났어요
그리웠던 큰언니
다시 가지 않았으면

조각 하나 주워 듭니다
어머니가 웁니다
웬수 같은 남편
웬수 같은 새끼들 때문에
삶이 버겁다네요
도망가 버리겠다고 협박까지 합니다
자식 손은 꼭 잡고 말이죠

나 사는 동안
우리 사는 동안
추억 조각들이
산을 이루었습니다

침묵

가을 잎새 침묵하며
땅에 떨어집니다

가을 잎새 침묵 지키며
소리 없이 웁니다

가을 눈초리 따가워
잎새는 생의 끈을 놓습니다

가을은 변명합니다
서슬 퍼런 겨울을 이겨내기 위한 거라고
어쩔 수 없는 최선의 선택이라고

가을 잎새가
사람들의 발밑에서 짓밟힙니다
끝내 침묵하며

안테나

입맛이 없다고 했는데
밥은 잘 먹었는지

감기 기운 있었는데
약은 먹었는지

밤새 아파하며
나를 찾지 않았는지

내 머릿속 안테나는
오직 한 곳을 향해

소주 한 병

1.

건설 현장에서 일용직 근로자로 일하는 그 아저씨의 퇴근길 손에는 항상 검은 봉지가 쥐어져 있다. 햇볕에 그을린 거친 손에 검은 봉지를 얌전히 쥐고 가는 아저씨. 검은 봉지 사이로 살짝 내민 초록의 대가리. 그것도 딱 한 놈. 절대로 대가리가 두 놈인 적 없는 그것을 들고 수줍게 웃으며,

"힘들 땐 요놈이 친구예요."

2.

오늘은 내가 소주 한 병 샀다. 아저씨는 검은 봉지 속 정체를 숨기지 않았지만, 나는 핸드백 속으로 깊이 찔러 넣었다. 앉은뱅이책상에 소주 한 병, 잔 하나, 먹다 남은 과자 봉지 하나와 외로운 전투를 벌인다. 비워지는 잔 속의 술처럼 머릿속도 비워졌으면. 한 잔 술에 거꾸러질 걸 알면서도 꾸역꾸역 밀어 넣는 소주. 쓰다.

배반의 능소화

사람의 기운이 문지방을 넘어 다녔을
그 집

시름을 달래던 온기 있었을 방
두런두런 애기 나눴을 마루
보글보글 된장국이 끓었을 부엌
웃음은 마당에서 방방으로
슬픔도 있었겠지

앞마당의 무성한 잡초
먼지 앉은 저열한 세간살이
훗날을 알지 못한 웃고 있는
빛바랜 사진 한 장
무슨 사연 있었기에

능소화여,
담장을 부여잡고
배반의 웃음 지으며
너만 혼자 살았구나
그 빈집에서

우 여사의 낡은 양말

이분의 양말 서랍 속은 양말이 그득합니다
눈여겨보면 멀쩡한 건 많지 않아요
양말은 상황과 용도에 따라 차별을 둡니다
들에 나갈 때는 저것도 양말인가 싶을 정도의
뒤꿈치와 발가락이 드러난
구멍 난 양말을 신지요
4등급짜리입니다

이것 좀 보세요, 아주 귀한 양말이 있군요
젊은 사람들은 구경 못 해 봤을 텐데요,
헝겊 조각을 덧댄, 기워 놓은 양말도 있습니다
침침한 눈으로 바늘귀 꿰기도 힘들었을 겁니다
3등급짜리입니다

신발 벗을 일이 없는 장거리에 나갈 때는
구멍이 나진 않았지만,
아슬아슬하게 겨우 버티고 있는
한 번 신고 나면 수명이 다하는 그런 양말을 신지요
아, 아닙니다
제가 실수했습니다
수명이 다하다니요

이분이 들으시면 놀라십니다
구멍이 나게 되면 등급이 한 단계 내려갈 뿐
아직 살아있습니다
2등급입니다

신발을 벗어야 하는 식당이나 다른 집에 갈 때는
체면 구기는 일은 없어야 하니
비로소 앞뒤 구멍 난 곳 없는 제대로 된 양말을 신지요
양말 주제에 거들먹거리기까지 해서
신을 때 쉽게 말을 안 들어요
1등급입니다

서랍 속 한쪽에는 포장도 뜯지 않은 양말이 수두룩합니다
흰색의 커버 양말, 발목 양말, 수면 양말
종류도 다양합니다
특등급의 이 양말은 언제 포장이 뜯길지 아무도 모릅니다
이분은 말합니다
"이 양말 죽기 전에 다 신어나 볼까?"
알뜰함이 몸에 밴 이분, 우리에겐 '우 여사'로 불리지요
일곱 자식을 둔 우리 어머니입니다

4부

울 엄마 잘 자요

경계선

마음에 수없이 쳐놓은 경계선
편협함에 좁아져 버린 시야
이기심에 늘어난 졸렬함

마음에 수없이 쳐놓은 경계선
마음 감옥에 갇혀버린 의지
마음 감옥에 갇혀버린 생각

마음에 수없이 쳐놓은 경계선
굳어버린 고정관념
굳어버린 선입견

스스로 씌운 멍에
경계선을 무너뜨릴 수 있을까

눈을 입다

서낭당 고개 너머
행상 나간
내 어머니

한나절 지나
무심한 잿빛 하늘 보며
어머니 어디쯤 오실까

어머니
나갈 때 입지 않았던 새 옷 입으셨다
눈을 입으셨다

알뜰한 당신

아이의 예쁜 옷을 사고
남편의 멋진 옷을 사고
시장 옷 가게 매대
5천 원짜리 티 하나 골라
헤벌쭉 웃는 그녀

동생이 질려 안 입는 옷
언니가 작아 입지 못하는 옷
죄다 그녀 서랍장으로

알뜰한 당신이라
인정받을 줄 알았지

청승 떤다는 손가락질
그녀만 몰랐네

울 엄마 잘 자요

뜬눈으로 밤을 홀딱 새는 바람에
골이 흔들거려 죽겠다는 울 엄마

큰사위 사업 걱정에
줄줄이 여섯째 사위까지 걱정 사서 하셨겠고

큰딸부터 여섯째 딸년 잘들 사는지 걱정 사서 하셨을 것이며
막내아들 농사 걱정 사서 하셨을 게 분명하다

머릿속에서 수없이 짓고 허문 집
머릿속에서 수없이 그렸다 지웠다 한 자식들

울 엄마 걱정 내려놓아요
울 엄마 이제 잘 자요

빨간 지붕, 딸 부잣집 - 사랑하는 내 형제에게

그 집에는
칠 남매가 살았답니다
여섯의 계집애와
여섯 누나의 사랑둥이 사내 한 명

시끄럽기가 직박구리 뺨칠 정도
저녁이면 아버지 불호령에
할머니는 부지깽이 들기 일쑤
어머니는 자식이 웬수라기 일쑤
할아버지만 그저 웃지요

칠 남매 뒤엉켜 지지고 볶아도
가르쳐 주지 않은
사랑과 양보를 배웠고
가르쳐 주지 않은
아픔 나누는 법도 배웠답니다

손끝 야무지고 애교 많은 큰딸

고운 마음과 아량의 소유자 둘째 딸

지고지순한 살림꾼 셋째 딸

딱 중간의 넷째 딸

기댈 수 있는 나무 같은 다섯째 딸

애꿋덩어리 여섯째 딸

여섯 계집 속에 꽃처럼 자란

그 집의 기둥 일곱째 아들까지

복닥거리던 시간 흘러

새 둥지 틀어 모두 떠났지만

칠 남매를 키운 건

빨간 지붕

그 집입니다

어버이의 아들

아들은
어머니가 해 준 윤기 흐르는 밥에
좋아하는 김치찌개를 먹고
잘 다녀오라는, 사랑한다는
가족의 다정한 인사를 받고
온기를 들고 집을 나섰다

아들은
집에서 들고나온 온기 100% 중
상사 잔소리에 30%를 쓰고
고객 잔소리에 30%를 또 쓰고
사표를 던지지 못하고 있는 자신에게 40%를 썼다
스트레스라는 보너스 100%를 집으로 가져갔다

아들의
스트레스 100%는
온기 있는 집에서
아버지가 50%를 감해 주었고
어머니가 50%를 감해 주었다
덤으로 온기 100%를 충전했다

아들은
온기를 들고 집을 나섰다

나도 그렇다

우스우냐
그렇게 우스우냐
이해 안 가게 우스우냐
어이없을 정도로 우스우냐

나도 내가 우스워 죽겠다

한심하냐
그렇게 한심하냐
못 봐주게 한심하냐
한숨 나올 정도로 한심하냐

나도 내가 한심해 죽겠다

착각

운명적인 사람을 만나
뜨겁게 사랑하고
그의 반려자가 되어
늘 아끼며 사는 일
참 멋지고 근사해

우리 닮은 아들이라면
잘 생겼을 거야
우리 닮은 딸이라면
예쁠 거야

수 없이 꿈꾸고
상상했던 미래

드라마

드라마 속 여배우가
내 삶을 연기하고 있다

너무 어이없는 드라마가
내 이야기라니

지랄 같은 내 마음을 읽고
지랄 맞은 드라마를 만들다니

눈물이 콩죽에 빠진 날

그네가 해 온 콩죽이
30여 년 전의 낡은 기억을 소환한다

아버지의 일등 간식 콩죽
맷손을 놀리는 할머니의 수고와
가마솥에서 팔뚝만 한 주걱을 놀리는
어머니의 수고가 있었다

한겨울 더욱 맛이 깊던
추억으로만 남은 콩죽
한 숟갈 목 넘김이 뜨겁다
아버지를 먹고
할머니를 먹는다

애틋한 그리움으로 한 숟갈
절절한 추억으로 한 숟갈
기똥찬 맛으로 한 숟갈

세월

아이가 어른이 되었다

.

.

.

.

.

어른은 아이가 되었다

상사화

긴 세월
그리워만 하다가 끝나는 운명

그리워하며 산다는 건
참 슬픈 일이야

애틋한 마음으로 너를 기다리지만
너를 볼 수 없고

간절한 마음으로 너를 기다리지만
너를 볼 수 없네

가슴 절절한 이 사랑을
너에게 전해 줄 수 있을까

왜 하필

더 좋은 세상에서
더 넓은 세상에서
더 새로운 세상에서
더 아름다운 세상에서
더 사랑 많은 세상에서
더 예쁘고 멋진 세상에서
태어날 것이지

왜, 하필
다락방같이 좁은 내 마음에 들어와 있니?
미안하게

메밀전 장사

마흔두 살
청상과부 되어

자식들 먹여 살리느라
서방 잃은 슬픔 따윈
사치라 여기며 시작했다는
메밀전 장사

뜨거운 불 위에 제 살 익혀가며 살았을
기막힌 40년 세월

인생사가 부끄럽다는 노 주인
아픔까지 익혔구나

우울한 수다

아무개가 3백만 원짜리 구찌 가방 샀대
그 집 돈이 어딨어서
'더러운 내 팔자.'

아무개네 애가 1등 했대
과외비 처들었군
'내 새끼는 누굴 닮은 거야.'

아무개네 남편이 승진했대
손바닥을 잘 비비는군
'무능한 내 서방.'

남 잘되는 꼴은 못 보는
배알 꼬이는 세상

이런 날도

꿈이 서글퍼
꿈에서 울었습니다
우울하게 눈을 떴습니다

하는 일마다 안 풀리고 짜증만 나는 하룹니다
사소한 일로 짜증이 올라옵니다
못된 성질 다스릴 생각 않고
마음 가는 대로 툴툴댑니다

내일이면 왜 그랬냐고
땅을 치며 후회할 짓을
이렇게 마무리하는 날입니다

약속

소국이 탐스럽게 핀 계절
공원 벤치에 앉아 이별을 예감하며
20년 후 첫눈이 오는 날 만나자 했지요

그때의 나처럼 화장을 곱게 하고
설레는 가슴 꼭 붙들고 나섰지요
그때 그 모습 당신을 그리며

말로 다 할 수 없는 20년 아픔을 보내며
첫눈 내리는 오늘
길을 나섰습니다

그 공원 벤치에 앉아
소담스럽게 쌓인 하얀 눈길 위
내가 찍은 발자국을 내려다봅니다

내가 찍은 발자국 위를
조용히 밟고 오시는 그대를 상상합니다
오지 않을 당신을

겨울 눈물

사연 없는 눈물 없습니다

떨어진 꽃잎마저 흔적 없이 사라진 것이 아쉬워
쓸쓸해 웁니다

우는 겨울이 가슴 저려
나는 웁니다

서로가 불쌍해 울면서도
서로를 위해 안아주지 않습니다

내가 흘린 눈물처럼
그대가 흘린 눈물도
깊은 사연 있겠지요

구구절절한 사연이
왜 이리도 많은지 모를 일입니다

그때는 몰랐습니다

나 왜 태어났는지
가슴 치던 때 있었습니다

나 왜 낳았는지
어머니 원망하던 때 있었습니다

나 왜 이것밖에 안 되는 사람인지
괴로웠던 때 있었습니다

아무것도 모르면서
바보같이 아무것도 모르면서

이런 날 올지 진정, 그때는
몰랐습니다

양철 다라

내 어머니
보물통 양철 다라 속엔

부끄럽게 알몸 드러난
옥수수도 있고

아버지가 장대로 후려 딴
알밤도 있고

풀숲 헤쳐가며 따온 복스럽게 생긴
조선호박도 있고

음력 2월 말 날 담근
된장도 있다

양철 다라 이고
사구 고개 닳도록 넘어 다닌
어머니

사구 고개 서낭당에 앉아
어머니를 기다린
어린 자식들

우리가 기다린 건
채소와 바꾼
다 녹아버린
이십 원짜리 쭈쭈바였는지도

어머니 키가 작은 것은
양철 다라 너 때문일 거야

내로남불

내가 하면 로맨스요
네가 하면 불륜이라

내 말은 맞고
네 말은 개 뻑다구

내가 하는 행동 괜찮고
네가 하는 행동은 쓸데없는 짓

나는 언제나 옳고
너는 언제나 틀리고

나는 그런 적 없고
너는 하는 짓마다 그 모양

나의 죄는 무죄
너의 죄는 유죄

나는 되고
너는 안 되는

무죄가 유죄 되고
유죄가 무죄 되는

꼼수는 기본
합리화도 유치찬란

오호, 통재라!
부끄러워하거라

저녁 뉴스

오십 대 아들이
팔십 노모의 숨통을 끊어버렸다

그들의 속사정이야
알아 무엇할까마는

어두운 밤
어두운 뉴스

아들을 해산한 어머니는
미역국을 먹고

세상에 나온 아들은
어머니의 축복을 받았겠지

9시 뉴스를
마칩니다

오드리

시나브로 빨려들 것 같은 맑은 눈
봉긋 솟은 젖가슴
잘록한 허리
멋스러운 선글라스
오, 오드리 햅번
내 이름을 오드리라 하면 어떨까요

이국적이지 않고
예쁘지도 않은데다
오드리처럼 천사 같은 마음은
더더욱 아니라서
가질 수 없는 이름

오드리
나의 오드리
그녀의 고혹한 눈빛만은 제발

참을 수 없는 존재의 무거움

나를 당할 자 있는가
나와 겨룰 자 있는가

용기 있는 자여,
내 앞에 당당하거라

헤라클레스도 나를 이기지 못했으며
위대한 영웅들도 나를 이기지 못했노라

인간의 일부에 지나지 않는
하찮은 존재일지 모른다만

나는 위대하다
나의 힘이 너를 지배한다

너희는 나를 이렇게 부른다지
눈꺼풀

잣대

여자라서
남자라서

여자이기 때문에
남자이기 때문에

여자 주제에
남자 주제에

잣대와 편견
양성평등이
생겨난 이유리라

좋은 세상에서

네가 있어
풍요로운 세상
충만한 세상

네가 있어
행복한 세상
살만한 세상

네가 있어
오늘 난 웃는다
이 좋은 세상에서

매일 쓰는 편지

잘 잤는가
밥은 먹었는가
아픈 데는 없는가

잘 자고
잘 먹고
아프지 말고

덕분에
난
잘 있다

덕분에
고른 숨 쉬며
아주 편히

부디
오늘도
별 일 없기를

어머니 품에선

어머니 품에선
화롯불에 구운 고등어 냄새가 났다
당신 입에는 온전한 살덩어리 한 점 못 넘긴

어머니 품에선
나무 탄 냄새가 났다
아궁이 앞에 앉아 부지깽이 뒤적거린

어머니 품에선
젖 냄새가 났다
막냇동생 학교 들어갈 때까지 빨린

이젠
냄새가 사라진
어머니 품
그리움에 젖어 산 세월만 보일 뿐

너무 애쓰지 마라

잘하려고 너무 애쓰지 마라
배려하려고 너무 애쓰지 마라
잘 보이려고 너무 애쓰지 마라
흠 없는 사람으로 보이려고 너무 애쓰지 마라
꽉 찬 사람으로 보이려고 너무 애쓰지 마라
완벽한 사람으로 보이려고 너무 애쓰지 마라

때로는 부족한 사람이라는 걸
때로는 하기 싫다는 걸
때로는 완벽하지 않다는 걸
때로는 흠이 있다는 걸
때로는 아픔을 느낀다는 걸
숨기지 않아도 된다

사는 건 다 거기서 거기
너무 애쓰지 마라

사랑이   익어가는

살포시 문 두드리며
오셨답니다

마주 앉아
쓴 커피에 사랑 넣어
달달하게 마셨지요

야무지게 익은 벼 이삭이
논바닥에 깊게 인사하는 가을날
내 사랑도 익었습니다

별

마음으로　무수히　죽인 것들
마음으로　무수히　짓이긴 것들

마음으로　무수히　사랑했던 것들
마음으로　무수히　간절했던 것들

모두
별이　되었나

밤이　야속해
별이　원망스러워

알뜰한 당신

아이의 예쁜 옷을 사고
남편의 멋진 옷을 사고
시장 못 가게 매대
5천원 짜리 티 하나 골라
헤벌쭉 웃는 그녀

동생이 걸려 안 입는 옷
언니가 작아 입지 못하는 옷
죄다 그녀 서랍장으로

알뜰한 당신이라
인정받을 줄 알았지

청승 떤다는 손가락질
그녀만 몰랐네

울 엄마 잘 자요

뜬눈으로 밤을 홀딱 새는 바람에
골이 흔들거려 죽겠다는 울 엄마

큰사위 사업 걱정에
줄줄이 여섯째 사위까지 걱정 사서 하셨겠고

큰딸부터 여섯째 딸년 잘들 사는지 걱정 사서 하셨을 것이며
막내아들 농사 걱정 사서 하셨을 게 분명하다

머릿속에서 수없이 짓고 허문 집
머릿속에서 수없이 그렸다 지웠다 한 자식들

울 엄마 걱정 내려 놓아요
울 엄마 이제 잘 자요

어머니 품에선 화롯불에 구운 고등어 냄새가 났다

초판 1쇄 인쇄	2022년 12월 7일
초판 1쇄 발행	2022년 12월 20일

지은이	윤정수
펴낸이	이장우
편집	송세아 안소라
디자인	theambitious factory
마케팅	시절인연
제작	김소은
관리	김한다 한주연
인쇄	금비PNP
펴낸곳	도서출판 꿈공장플러스
출판등록	제 406-2017-000160호
주소	서울시 성북구 보국문로 16가길 43-20 꿈공장 1층
이메일	ceo@dreambooks.kr
홈페이지	www.dreambooks.kr
인스타그램	@dreambooks.ceo
전화번호	02-6012-2734
팩스	031-624-4527

ISBN	979-11-92134-31-4
정가	12,500원